KB031954

고영미
시집

날마다 연둣빛 봄날이다

고영미
시집

도서
출판 북인

2024

내게도 파릇한 연둣빛 봄날이 있었지
그 파릇했던 젊은 날…

추억은 만땅인데
갈 곳 잃어 서성이고 있을 때
찾아온 문학의 꿈

때로는 침묵했고
때로는 울부짖었다
돌고 돌아온 건 희망이었다

행복이란,
둥 떠 있는 소망 위에 많은 고통을 참아낼 때
훨씬 더 값진 생의 보람이 아닐까라는 깨달음이다

무더운 삼복더위를 이기며…

2024년 8월
고영미

차례

시인의 말 5

1부

다시 봄 · 13

미완의 조각들 · 14

월차 쓰는 장애인 · 15

함박눈 내리던 날 · 16

지금도 첫사랑을 기다릴까 · 18

오늘도 핀다 · 19

웃어서 행복한 장애인 · 20

나를 찾다 · 22

추억이 비로 내린다 · 24

만약에 · 26

재활용 결혼시키기 · 28

봄이로구나, 봄 · 30

그리운 그 향기 · 31

꽃방에 들다 · 32

길거리 장터에서 · 33

한순간 · 34

바람의 언덕을 가다 · 36

2부

탯줄의 그리움 · 39

제비꽃, 꽃불 밝힌다 · 40

장애인으로 산다는 것 · 42

호수공원의 저녁놀 · 44

별이 된 낙서 · 45

장콜 기사님과 빨간 장미 · 46

장미가 머금은 눈물 · 47

기억 속 장독대와 외할머니 · 48

카톡카톡 · 50

그리움만 나리는데 · 51

나를 위한 일 · 52

봄날 사면되다 · 53

엄마는 개그할멈이다 · 54

슬픈 목소리가 핀다 · 56

꽃별이 지다 · 57

슬픈 약속 · 58

꽃을 파는 남자 · 60

3부

시크릿가든 · 63

바보상자 · 64

날마다 연둣빛 봄날이다 · 66

영미의 끄적임 · 68

장미정원에서 · 70

주인 잃은 목련 · 72

추억의 수제비 · 74

붉은 치마 · 76

연꽃밭에 간 날 · 77

뾰족구두 · 78

삐쩍 마른 초승달이 부럽다 · 80

화담숲에 가다 · 81

길에서 만난 봄 · 82

까만 일기장 · 84

나는 희망우산이다 · 85

흰돌마을 사람들과 코로나19 · 86

문화공원 지나는데 · 88

4부

복숭아 · 91

어머니 金石子 여사 · 92

그들을 만나기 전 몰랐다 · 94

책 속으로 들어간 가을 · 95

축제마당에서 · 96

낙엽비 · 97

405동 208호 · 98

통곡한다 · 100

슈퍼맨 미광핸드백 · 101

원당 재래시장 · 102

추억이 그리운 날 · 104

산책길에 만난 것들 · 106

닫힌 문 열린다 · 108

멈추지 않는다 · 109

개구쟁이 승수 오빠 · 110

가슴에서 가슴으로 · 112

따라하지 말란 말이야 · 113

해설 태풍의 눈을 찾아/ 김선주·114

1부

다시 봄

간절히 기다렸다

하늘도 나도 잔뜩 흐렸다
널브러진 꽃잎이
봄의 전부일지라도
나는 너를 사랑한다
너 떠난 봄
봄은 지독한 감기다
너와 내가 함께하든
함께하지 못하든
아무렇지도 않게
그리움을 앓게 하다 가버린다
떨어지는 꽃잎을 보며
너를 생각한다
너도 나를 생각하며
날리는 꽃잎을 주울까

간절히 기다렸다

미완의 조각들

어느 날
우울의 늪에 빠져 사는 나에게
무지개가 찾아왔다

우울의 늪에서 빠져나오는 것이 우선,
발버둥치고 나와
눈을 비비고 보니
빛의 황홀경이었다

누구와 겨뤄 이기려는 것이 아니다
헝클어진 나와 싸워
아픔에서 벗어나기 위해
무지개 끝, 글자를 잡았다

미완의 조각들
글의 퍼즐을 맞춰나가고 있다
나를 한 권의 글로 써내는 작업이
진정한 나의 완성이 되리라

월차 쓰는 장애인

2022년 1월 4일 첫 출근
고민과 망설임을 뒤로 하고
현관을 나선다

직장을 다니니 품위유지비가 제법 든다
하지만 당당하게 세금 내고
월차 쓰는 나는
월급도 타고
근로장려금도 탄다

가진 것 하나 없는 나는 백만 원만 모이면
재벌이 될 것이라 꿈꿨는데
어느새 나도 몰래 재벌이 됐다
이제는 백만장자를 꿈꾼다
남들은 웃을지 몰라도 나는 희망한다

기초생활보장 수급자에서 재벌이 되었으니
취업 활동을 주저하는 예전의 나 같은 이들에게
밑거름이 되고 싶다

함박눈 내리던 날

코흘리개들과 건배한다
너 나 좋아했지
나 너 좋아했다
넌 나의 첫사랑이었어
깔깔깔 호호호
낯이 후끈하다
나도 누군가의 첫사랑이었구나

어릴 적 추억에
웃음보가 쉼 없이 새고
호프집 창밖엔 함박눈이 내린다
머리카락 희끗희끗한 깨복쟁이들
온몸이 성치 않다고 휠체어 앞에서 투정이다
날 위로하는 건지 진짜로 성치 않은 건지
의심이 간다

김밥집 매니저 미화는
오색김밥을 말면서 소꿉놀이 추억을
떠올린다고 배시시 웃는다

16

여전히 기조는 잘생긴 매너남이다
꼴통 중에 꼴통 인화는 암과의 사투 중에도 꼴통이다
암덩이가 견뎌내지 못하는 듯하다
우리들의 술잔 속에
나이테가 덧그려진다

지금도 첫사랑을 기다릴까

밤마다
바람과 내통한
봉숭아 빨간 꽃잎 더 빨개진다
익을 대로 익은 봉숭아 꽃잎
새끼손톱에 꽃물 들인다
첫사랑 만날 수 있다는 기다림으로
첫눈 오는 날을 손꼽는다
손톱 위 반달 미소는
이 여름도 추억만 짙게 물들이고
줄어든다 자꾸 사라진다

오늘도 핀다

피고 지고
밟혀 구부러졌다가도
배시시 일어나는
수많은 사람들의 발이
다지듯 지나가도
꿋꿋하게 버티는
키 작은 풀

바람이 불면 바람처럼
비가 내리면 비처럼
햇살 부서지면 햇살처럼
물결 따라 춤추는 부평초처럼
지나가는 사람들이 흘리는
미소 조각에
더 선명해지는
꽃이고 싶다

웃어서 행복한 장애인

어느 날
내 몸에 천둥번개가 스쳐간 뒤
나는 자전거 체인이 빠지듯
멈춰버렸다
무섭고 두려운 터널의 연속이었다
괴롭고 괴로웠다

두 눈의 찡그림을 못난이 미소로 바꾸자
세상이 달라졌다
삶이 변했다
행복을 전하는 전도사가 됐다

고장난 몸이지만 행복한 나
젓가락질을 못해도 부끄럽지 않다
멋진 휠체어도 좋다
주차비도 안 내고
지하철도 공짜니
얼마나 좋은가

지나간 시절이 아쉽지 않은 건 아니지만

눈물로 쓴 일기처럼 간직한다
시간이 흐를수록 더 선명해진 과거는
흑백 앨범에 꽂아놓고
오늘도 웃어서 행복한 장애인이다

나를 찾다

조카가 결혼한다고
청첩이 왔다
막내 여동생이 나를 데리러 온다고 했다
알았다 대답했지만
마음이 뒤숭숭 편치 않다
너무도 그리운 얼굴들인데
휠체어 장애인 나는
마음조차 휠체어를 태운 것 같다
결국, 당일 몸이 아파 못 간다고 문자 해놓고
갈 곳 잃은 마음을 추스르지 못한 채
지하철을 탔다
규수당, 운정역에 내려 마구 달려갔다

창피하고 부끄럽다고
내 피붙이를 안 보려는 건
잘못이다
당당히 휠체어를 밀고 들어갔다
반가운 얼굴들이 울음꽃인지 웃음꽃인지
마구 피워낸다
엄마가 눈물꽃으로 맞는다

나는 씩씩한 척 애써 떨리는 미소를
풀지 않는다
한걸음 또 내디뎠다, 세상 밖으로
매번 오 분 거리를 돌고 돌다 십 년을 보냈다
이젠 직진하리라 다짐하고
둥글게 원을 그리며 돌아오는 길

세상이 온통 꽃밭이다

추억이 비로 내린다

미숙이네 양지 뜰 앞마당이 분주하다
쓸어내고 다독이고
처마 밑 그늘에 삥 둘러앉아
공기놀이 한창이다
수경이 진자 미숙이 편 갈라
공기 따먹기에 열을 올린다

공깃돌 무더기에서
만, 보, 공, 기, 앞으로 끌어내
한 움큼 잡아올린다
손이 크고 길쭉한 나는
너끈히 잡아챈다

내 앞에 돌무덤이 쌓여갈 때면
밥때인 걸 안다
툴툴 털고 집으로 향한다
장독대 빈 항아리는 공깃돌과 딱지들의 안식처
보물을 한아름 안고 살금살금 들어오면
엄마의 부지깽이가 춤을 춘다

딱지에 그려진 수많은 별들
그 많던 종이돈 다 어디로 갔을까
되새기는 추억에
배시시 미소가 추적추적 비로 내린다

만약에

그리움에 모양이 있다면
세모일까
네모일까
동그라미일까

사랑에 색이 있다면
노랑일까
빨강일까
초록일까

창밖으로 바라본 산은
푸르다
고개 들어 바라본 하늘도
푸르다

그리움도
사랑도
푸르다
그리고 별이다

나에게
사랑은,
나에게
그리움은,
푸른 별이다

재활용 결혼시키기

큰 가방 안에 갖가지 쓰레기를 담는다
알루미늄캔 빈병 종이상자 스티로폼
골고루 차곡차곡 앉힌다

월요일이면 분리하여 시집을 보낸다
빈병은 이 짝 집으로
알루미늄캔은 저 짝 집으로
스티로폼은 요 짝 집으로
깨끗이 단장해 가마에 태운다

폐지는 하객
경비아저씨의 주례로
신랑 빈병과 신부 페트병이 맞절한다

스티로폼 친구들
알루미늄캔 친구들은 신이나
댄스를 추며 포대로 들어간다

시집 장가 간 재활용 쓰레기들
순풍순풍

새 시대 새 모습으로
다시 태어나라

봄이로구나, 봄

살며시 숨어들었나
목련이 털을 바짝 세우고
산통을 하고 있다

노래하는 분수대에는
나들이나온 가족들이
햇살처럼 따스하다

강가 살얼음도
살살 녹아 청둥오리 가족들
새끼 오리 교육이 한창이다

꼬빡연들이
하늘하늘 바다를 누빈다
반달연도 질세라 얼레를 끌고 간다

호숫가 철책 달구는 사랑의 자물통 앞
손가락 하트 그리는 연인들 눈에서
떨어지는 미소가 달콤하기 그지없다

그리운 그 향기

창문을 활짝 열었다
행여 가마솥더위에 지쳐
못 오실까봐
커다란 창을 하나 더 내었다

허, 허, 환하게 웃던 향기에
흠뻑 젖어보려고
마음 문까지 활짝 열었다

살랑살랑 다가오는
그 남자의 그 향기
더 짙게 느끼고 싶어
창문 열고 살포시 얼굴 기대본다

그 남자의 포마드 향기가
뺨을 스친다

아. 버. 지.

꽃방에 들다

"속닥속닥"
"소곤소곤"

수줍게 벌린
입술에

슬그머니 다가가
찰칵
키스를 했다

앙~ 벌린
깊은 속까지
들어갔다

이런 짜릿함이란
이런 몽롱함이란

길거리 장터에서

깡통 위에 쪼그려앉아
배 불룩 소쿠리에
거북이 등껍질 손으로
나물 곱게 단장시켜
시집보내는 할머니

늘씬한 부추 한 소쿠리
통통한 섬초 배 갈라 단장해놓고
묻지도 말고
따지지도 말고
한 소쿠리 2,000원만 줘 하신다

덥석 한 줌 까만 봉지 속으로
정을 넣으시는 할머니
맛나게 버무려
어매도 주고 아배도 주고 샥시도 먹어
가슴에 도깨비바늘 하나 박힌다

할머니 눈가 주름이 반질반질하다

한순간

아버지 제사상을
마주한다
다 자란
어른이 아니라
중학생으로

수학여행 가는 날
친구들에게 기죽지 말라고
엄마 몰래 예쁜 옷 사주고
용돈까지 쥐어준 아버지
환하게 웃으신다

당신 몸 어디가 망가진 줄도 모르고
새 옷 입고 까불어대던
철부지 왈가닥 가시내가
아직도 못다 자란 어른으로
속울음 삼킨다

젊은 날 아버지 사진에 대고
가만히 용서 구해보는

이생과 저승의 징검다리날
능곡의 빽구두 아버지
향불 깊게 빨아올린다

바람의 언덕을 가다

파란 하늘에
새털구름
푸드덕거린다
바람의 언덕을 오른다
꿈속에서 그리던 곳
두 번 다신 찾을 수 없을 거라 여겼던 곳
꿈도 사랑도 희망도 잃었을 때
눈물로 찾았던 곳

그 언덕길을 오르고 있다
환장할 밤꽃 향기
미치게 파고들던
그때
그 자리
덩그러니 앉는다
끈적끈적한 미련을 하나 둘 돌탑에 새긴다
지그시 눈을 감는다
외도, 바람의 언덕

2부

탯줄의 그리움

타닥타닥
가슴이 탄다

술 한 잔으로 달래질
애달픔이라면

밤새도록
고주망태가 될 텐데

네가
울컥울컥 올라오는 밤이면

베개가 뗏목이 된다

제비꽃, 꽃불 밝힌다

가네 가네 너를 두고 내가 가네

두려움과 절망 속에 오로지
자식 위해 고통도 숨기신 어머니

어허야 어허야

꽃가마 타고 시집와서
꽃상여 타고 떠나가네

두둥실 두리둥실

이승의 마지막 꽃 슬쩍 피우고
슬그머니 떠나간다네

어이 어이 망자 가는 길
노잣돈 걸어라 미련 없이 가련다

이제 가면 언제 오나
요령 소리 처량하다

어허노 어허노

하늘 가는 길 앞 제비꽃
옹기종기 모여 초롱초롱 꽃불 밝힌다

장애인으로 산다는 것

봄날이 있었다
한 점 바람에도 간지럽던 연분홍빛 봄날
살갗 태울 듯 뜨겁게 타오르던 태양 아래
뚫어버릴 기세로 벼락치던 장맛비에도
두렵지 않던 시절이 있었다

장애인으로 산다는 것
잠깐 한눈 팔면 사정없이 중심이 무너진다
발이 꼬여 그대로 넘어진다
비참하다
분노한다
원망한다
하염없이 울부짖는다
나무 인형처럼 꼼짝 못하고 누워
조물주를 원망도 한다

마비되어 움직일 수 없었던 장애인이라는 꼬리표
눈총 맞고 말총 입으며
환상일지라도 미래를 꿈꿨다

검정 머리에 꽃피는 하얀 새치를 가만히 들춰본다
장애인도 봄을 알고 꿈을 꾸고 성취할 수 있다는 증인이
되고자
진짜 환상일지라도 꿈을 향해 휠체어를 굴린다

중도 장애인으로 산다는 것, 오묘한 맛이다

호수공원의 저녁놀

주황빛으로 물드는
호수

호수에 뛰어들어 헤엄치는
노을

오묘하게 어슴푸레한
하늘

붉게 이글이글 타들어가는
구름

달이 내 둥근 다리처럼 구르다 쉬어가는
월파정

내 굴렁쇠 다리와 무지개다리를 놓는
애수교

별이 된 낙서

칠판 한쪽 구석에
"경자는 보조개가 너무 이뻐"
'분명 홍석이가 썼을 거다'

경자를 되게 좋아했던 홍석이
뭐가 그리 빨리 별이 되고 싶었을까

비가 세차게 내리던 날
개울에서 개구리헤엄 치다
깨구락지처럼
꼬르륵 떠나버렸다
경자에게 마음도 전하지 못하고

그렇게 떠날 거면 칠판에 제대로 써놓지
"경자야 나 너 너무 좋아해 홍석이"

유난히 빛나는 별 하나를 본다
낙서만 남기고 간 홍석아
경자랑 영미랑 지금도 단짝인 거 보고 있지

장콜 기사님과 빨간 장미

수요일에 만나는 남자
친절한 장콜 기사님
틱장애로 연신 고개를 흔든다
오늘도 아저씨 푸념은 이어진다
나도 풀어놓는다

지칠 대로 지치고 버거워
마지막 선택하려던 순간을
떠올리며 주저리주저리
설움을 토해낸다

엄마 없이 키운 딸이 밟혀
마음 다잡고 열심히 산단다
장애인 콜택시를 하면서
갖가지 사연을 만나다보니
저절로 의지가 굳건해졌다는 아저씨

수요일엔 빨간 장미를
내 푸념의 빨간 장미를
놓고 내린다

장미가 머금은 눈물

지난 밤 내내
희미한 달은
기뻐서였을까
슬퍼서였을까
나처럼 이유 없음일까
화단의 꽃잎을 적셔놨다

뜬눈으로 지새운 밤
그리움인지
서글픔인지
두려움인지
별이 부서지는 눈물을 흘렸다

그런 나를 보고 달도
울어버렸나보다
장미꽃 입술마다
눈물을 머금고
생생하다

기억 속 장독대와 외할머니

외할머니를 생각하면
햇빛이 부서지는
항아리가 떠오른다
양산시 좌천동 외할머니집은
장독대가 먼저 반겼다

옹기종기 햇볕에 모여 앉은 항아리들이
올망졸망 둘러앉은 나와 동생들 같았다
내 동생이 들어가 숨어도 되는
간장 항아리
구수한 맛이 동네를 맴도는
된장 항아리
고추장도 반짝이고 항아리도 반짝이는
고추장 항아리
늘씬하고 주둥이 길쭉한
소금 항아리가
즐비한 외할머니 장독대

둘레에 핀
채송화 봉숭아 맨드라미도

정겹게 소곤댄다
외할머니와 조곤조곤 얘기한다
나도 쪼그려앉아 외할머니
흉내를 내보고 싶은
여름 한 날

카톡카톡

온종일 손에서
울리는 소리

수갑을 풀어놓으면
카톡카톡 종일 울어댄다

밥을 주면 조용해지려나
충전기에 꽂아놓으면

배불러 더욱 힘차게
소리를 지른다

오늘도 무음으로
너의 주리를 틀어야겠다

그리움만 나리는데

엄마 손은 약손
영미 배는 똥배
쑥쑥 내려라
쑥쑥 내려라
엄마의 약손이 생각나는 밤
눈이 내린다
내 마음에도
눈이 내린다
베이비파우더 같은
엄마의 살 내음이
내린다
코끝에 스민다

나를 위한 일

파랑 이겨라
빨강 이겨라
난리다

매일매일 티비 속 열광을 본다
자가격리 중 응원하는
재미가 쏠쏠하다

나를 위해
국민을 위해
세계를 위해

지금도 난
선택을 위한
주사위를 굴린다

봄날 사면되다

밤을 구속한 별
그래도 봄은 온다
자유롭고 싶다
나의 자유는 끄적임과 찍기
속절없이 비가 내린다
별이 떠난다니 홀가분하고 무섭다
한컨엔 자유를
또 한컨엔 두려움을 안고
비를 맞는다
극복하자 그립고 그리워
눈물 훔치겠지만
서로가 서로를 묶은 구속된 자유에서
풀처럼 바람처럼 나부끼는 참 자유로
내가 어머니에게
어머니가 내게 준
새날

엄마는 개그할멈이다

아이고, 잠이 안 와 큰일이여
잠시 후,
드르렁 드르렁 코를 고신다

이리 살아 뭐할꼬
하루 빨리 본향 가는 길이 행복이여
푸념 늘어놓지만
주머니 속에선 갖가지 영양제가 쏟아진다
민망하면 괜스레 버럭 화를 내신다

아이고, 입맛 없어 어쩌지하며
라면에 만두 넣고 계란 탁 파 송송
김치 휘휘 올려 드신다
울 엄마는 진짜 개그할멈이다
비가 오니 더욱 그립다

장애인이 된 딸 돌본다고
와 계신 것도 짐이 되어
투정부린 못난 딸
동생 집으로 가시고 나니

울 엄마 빈자리가 뻥 뚫렸다
울 엄마 귀여운 투쟁이
자꾸만 그립다

슬픈 목소리가 핀다

목련이 흐드러지게 핀 날
슬픈 목소리도 피었다
채 벙글지 못한
꽃봉오리로 떨어졌다
왜 그랬을까
무슨 말을 하고 싶었을까
슬픈 목소리로 하고 싶던 말이
무엇이었을까
눈치채지 못한
나는
목련이 피면
슬픈 목소리의 눈물 꽃이 핀다
오라버니 살던 506호 창가에
목련이 피려고 한다
오라버니 안부를 묻는다
그날의 슬픈 목소리가
뾰족뾰족 움트고 있다

꽃별이 지다

온천지, 별이 반짝인다
오색의 꽃별이
흐드러지게 피어 있다

갈바람 맞고 별이 되어
쏟아진다

오동잎 벤치에도
돌절구 위에도

젖은 몸 웅크린 채
꽃별을 안고 떨고 있다

시몬의 낙엽 밟는
소리가 들린다

추억을 회상하며
하얀 손수건 위에

단풍 은행잎을 새겨넣었다
유년의 추억도 새겨넣는다

슬픈 약속

지난해
이맘때쯤 목련이
흐드러지게 핀 날

슬픈 목소리로
애원하는
소리를 들었습니다

하얀 꿈을 만나지 못한 채
천상의 별을 찾아
떠난 소리

이렇게 창가에 목련
흐드러지게 피는
계절이 오면

아마도 난
듣지 못한
슬픈 약속 때문에

한동안
가슴속 깊이
슬픔을 묻겠지요

그리움이 넘쳐
펑펑
울고 말겠지요

꽃을 파는 남자

일요일이면
아파트 단지에
꽃들이 만발이다

외팔이아저씨
꽃이랑 살아서일까
입가가 환하다

빨간 립스틱 바른 동백이
흰돌마을 4단지의
봄을 밝힌다

외팔이아저씨
기다리며
봄을 만난다

향기로 물들고
사랑으로 물들고
색색으로 물든다

3부

시크릿가든

비틀비틀 모퉁이를
돌고 돌아 가면
나만의 비밀정원이, 활짝

그곳에 가면
거북이 가족
청둥오리 가족이
정원을 누비고
들꽃들이 사시사철
춤추는 곳
바로
나만의 비밀정원

푸른 하늘
흰 구름
고운 햇살은 덤

바보상자

지지배배
지지배배
네모 상자 안에서
종일 떠들어댄다

웃고 울고
먹고 마시고
노래하고
춤추고

아줌마들
꾀꼬리 소리
뽕짝뽕짝
트로트

눈호강
귀호강

여기선 싸우고
저기선 고소하고

매일 죽이고
죽었다 살아나고

바보상자는
바보가 아니다

아는 척
잘난 척
모른 척
척척박사다

바보상자 속
수많은 사연들
그 속으로 들어가
울고 웃는다

날마다 연둣빛 봄날이다

바람 한 점에도
몸살을 앓던 그 봄,
바람은 왜 그리 사나웠을까

혈관 타고 들어가는 낙타처럼
밤마다 찾아오는 공포
심장을 옥죄었다

때로는 분노했고
때로는 통사정했고
때로는 묵언하며
모든 신을 찾았다

왜 내게
왜 왜 왜
이기적인 나를 보았다.

쪼개진 장작이 되어버린 내 반쪽
시도 때도 없이 찔러대는
무딘 칼날

잔혹한 여행의 끝
봄이 왔다
장작 끝에
연둣빛 새순이 돋았다

영미의 끄적임

차 향기
봄 향기

매화꽃 향기에
취했다

차 향기 놓으며
돌아오는 길

낮달의
서러움 보았다

푸른 하늘
나무와 나무 사이

덩그러니 숨어 있는
하얀 낮달

봄 향기
차 향기에

녹인 마음
낮달에 들켰다

서로

애간장이
녹았다

장미정원에서

원피스 자락이
살랑거리며 뒤집힌다
비 갠 후
하늘에서 고운 빛들을
몽땅 쏟아주는 것 같다
감동이다
코흘리개 적
아껴가며 녹여 먹던
새콤한 빨간 드롭프스
달콤한 초록 드롭프스
알록달록 예쁜 색의
드롭프스처럼
각기 다른 향기 담아
하회탈 웃음을 날린다
소슬바람에 원피스
끈이 풀어진다
뭉게구름 따라
마음 문도 열린다
햇살 두 스푼
바람 한 스푼

풀어놓은 커피잔 속
그리운 벗들이 찾아와 마신다

주인 잃은 목련

까만 밤
하얗게 밝히며
오신 님

창가에
하얀 미소 지으며
누굴 기다리는지

떠난 님
그리워
창가에 피어난 목련

방울방울
매달려
그 님 창가에 머물러

주인 오길
기다리는데
멀리 떠난 님

기다려도
오지 않을 님
큰소리로 우는데

아무도 듣지 못한
슬픈 약속
미안하고 미안하다

좋은 곳으로 가서
못다한 꿈과 사랑
꼭 이루소서

추억의 수제비

비가 오면 생각나는
추억 속 먹거리

굵은 멸치 한 줌에
다시마 투박하게 한 장

마른 새우 넣고
푸욱 우려낸다

밀가루 소금 조금 넣고
치대어 숙성시킨 후

육수가 끓면
얇게 펴 떼어넣는다

감자 호박 대파 송송 넣고
푹 끓여 정을 먹는다

수제비에는 가슴 저민
그리움과 추억이 있다

부뚜막에
쪼그리고 앉아

고사리손으로 떼어넣던
언니 모습이 보인다

붉은 치마

활짝 펼치고 요염한 자태로 세상을 유혹한다 바람에 하
늘하늘 가녀린 몸 흔들흔들 너는 나의 위안이어라 붉은 빛
자줏빛 색색의 양귀비꽃 철퍼덕 주저앉아 넋을 잃고 하염
없이 바라보다 어느 바람결에 가녀린 몸 휘청거리면

나도
너처럼
붉은 치마 입고
누구를 유혹해 볼까나

연꽃밭에 간 날

울적할 때마다
호수공원 연꽃밭을 찾는다
나처럼 휠체어 장애인인 뻥튀기 아줌마
오랜만에 반갑다
살얼음 낀 연못은 굵은 눈물방울에
봄을 열었다
냄새가 코를 찌르는 뻘은
맑고 투명한 거울로 나를 맞는다
초록 방석 깔고 앉아 연분홍으로 웃는 수련
고고하고 자비롭다
나도 수련처럼
내 속의 더러운 냄새
말끔히 지워 꽃 피우고 싶다
더러워지면 더러워질수록
뿌리 더 굵어지는 수련의 뚝뚝함을
닮고 싶다

뾰족구두

빨리 어른이 되고 싶었다
화장도 하고 싶고
연애도 하고 싶어서

막내고모의 빨간 구두가
이모의 분홍 립스틱이
나를 훔쳐보고
윙크했다

예쁜 가방도
반짝반짝 귀걸이도
나를 보고
빨리 어른이 되라고 했다

어른이 되었다
미니스커트에 분홍립스틱
예쁜 가방 메고
뾰족구두도 신고
또각또각
젊음이 싱그럽다

이젠
돌아갈 수 없는 시간

장애인이 되었다
주인 잃은 뾰족구두
신발장 구석에 처박혀
웅크리고 앉아 있다

삐쩍 마른 초승달이 부럽다

허기진 초승달 보며
유년의 추억이 아프다

가난했던 어린 시절
물로 배를 채웠던 때

떨어지는 낙엽에도
깔깔 웃던 그 시절

켜켜이 쌓인 추억이
동그랗게 쌓인다

개구쟁이 시절 추억을 회상하며
백마역, 땡땡거리를 지나간다

나도 너처럼
땡땡땡 시절이 있었단다

화담숲에 가다

코로나19를 피해 화담숲에 간다
나무는 코로나19가 먹은 건지
쓰는 건지 알 필요가 없겠지
숲으로 들어간다
눈이 시원하다
마음이 잔잔해진다
모노레일을 타고 허공에 숲길을 걷는다
땅을 벗어난 발바닥이 꿈틀꿈틀 간지럽다
와, 장관의 풍경이 내 발밑에 있다
민들레 민경례 언니
째째째 앵무새 승옥 언니
번쩍번쩍 바쁜 다람쥐 인숙
모노레일에서 탈출하고 싶은 나
깔깔깔 낄낄낄 푸하하 뾰로통
피식, 배꼽이다
드디어, 자유시간 30분
쌔애앵 데크 길을 달린다
삐거덕거린다
나도 따라 삐거덕삐거덕
뜨거운 태양도 코로나19도 무색한
화담숲 나들이 내게 준 선물이다

길에서 만난 봄

깍깍
까치 가족들
가로등 위에 앉아
깍깍
대장까치 구령에 맞춰
깍깍
음정 맞춰
깍깍
합창하는 봄

공원 앞을 지난다
겨우내 얼었다 녹았다
쭈글쭈글해진 산수유 열매
노랑노랑 곤지 찍고
고개 내미는 봄

꽃샘바람 이끄는 데마다
수줍은 목련
키스하고픈 여인처럼
하얀 미소 지으며

털옷 벗는 봄

길마다 아롱거리는 봄이
살금살금 고양이걸음으로 나를 깨운다

까만 일기장

숨겨진 가족사처럼
까만 상자에 넣어둔
일기장

그래서일까?

학창 시절도
청년 시절도
신혼 시절도
어둠 속에 갇혀버렸다

빛으로 풀면
잃어버린 시간을 불러올 수 있을까
떠나버린 사랑을 다시 볼 수 있을까
파르르 떨고 있는 나
휠체어도 파르르 떨고 있다

일기장, 일기장, 일기장
속
꿈과 희망을 되살리고 싶다

나는 희망우산이다

내겐 잃어버린 우산이 하나 있다
부처님 오신 날
나는 망가져버렸다
내동댕이쳐졌다
모든 걸 잃었다
꿈도 희망도 가족도
비가 내렸다
하염없이 내리는 비는
내 마음을 아는 듯
슬프게도 내렸다
줄줄 눈물을 흘렸다
망가졌다고 버릴 수 없고
내동댕이쳐졌다고 일으키지 않을 수 없다
오늘도 쓸모없는 우산일지라도 난 현관을 나선다
희망이라는 우산을 굴리고 다닌다
장대비라 해도
땡볕이라 해도
태풍이라 해도
쓰러지지 않고 자빠지지 않는
희망우산을 쓰고 다닌다

흰돌마을 사람들과 코로나19

어느 날
갑자기
무서운 바이러스가 나타나
시간을 흔들어버렸다
코로나19로 인해
미세먼지가 사라지니
날 버린 놈처럼
아주 나쁜 놈만은
아닌 듯 애매모호하다
시간이 멈추어
젊어질 수 있다면
얼마나 좋을까
말도 안 되는 소리다
처음엔 보기 싫은 사람
안 봐서 좋았고
화장을 안 해도 되니 좋았다
이젠 아니다
보기 싫은 사람 보며
머리채 잡아당겨도 좋으니
웃고 살고 싶다

입술선 밖까지 립스틱 바르고
생글거리는 사람 얼굴 보며
이빨 드러내놓고 웃고 싶다

문화공원 지나는데

문화공원에 들어서니
라일락 향기가 잡아끈다
라일락나무 아래 공기놀이하던 친구들
향기로 찾아온다
너희들도 어디서 이 향기 맡고 있을까
수다 소리 귓전에 시끄럽다
가위 바위 보
별 순서를 다 정해도
승리는 언제나 내 것
옷이 늘어지게 공깃돌을 안고 와
장독 뒤에 숨긴다
내일이면 인심쓰듯 나눠줄 공깃돌
장독대까지 따라온 그날의
라일락 향
문화공원에서 하얗게
보라보라 하게 퍼져나간다

4부

복숭아

아가
볼기짝처럼
뽀송하고

아가
볼처럼
포동포동하다

하얀 솜털로 감싸고
뽀얀 속살로 유혹한다

몰랑몰랑 볼을 깨물었다
단물이 입 안 가득 퍼진다

감당할 수 없는 끌림에
너의 몸을
그냥,
훔치고 말았다

어머니 金石子 여사

곱디고운 얼굴은 어디로 갔나
꽃무늬 원피스 입고
아버지 꽃밭에 활짝 핀 꽃 어디로 갔나
막 불혹 문턱에 들어서자
아버지 꽃밭은 묵정밭이 되었다
꽃 같은 사람은 억센 풀이 되고
시장통 아지매로 변했다

올망졸망 칠 남매 공부시키겠다고
밤잠 놓고 장사에 매달렸다
여성을 잃은 여성성
남의 이목은 안중에 없다
뼛골로 키운 자식
배신감이 뼛속을 채운다

오늘도 내 옆에서 찬물에 만 밥 한술
파김치 휘휘 말아 삼킨다
일곱 자식 손 못 놓고
화투패 운세에 하루를 맡긴다
남편 같은 아들자식

얼굴 한번 보기를 목이 빠지게 기다린다

할미꽃처럼 곱상한 하루가 고개를 숙인다

그들을 만나기 전 몰랐다

그들은 무엇이 그리 좋은지
손뼉치며 좋아한다
별걸 다 기억하며 수선스럽다
하루에도 열두 번 마술을 부리며
주위 사람을 놀래킨다
요리조리 다니며 시끌벅적하다
1급 천사 세환이는 관심받길 좋아하고 샘이 많다
누군가 새로운 사람이 내 옆에 오면 심술을 부린다
2급 천사 헌득이는 언어의 마술사다
모르는 게 없다
온종일 정치 얘기다
내가 모르는 정치인도 줄줄이 들먹인다
3급 천사 근영이는 기억력이 좋다
동네 사람들 생일을 일일이 기억한다
가끔 오시는 우리 엄마 생일도 기억한다
난 이들을 통해 사랑을 배우고 언어를 배우고
웃음도 배운다
그들을 만나기 전 나는 무엇이었을까

책 속으로 들어간 가을

쭉쭉 뻗은 길에, 툭
어린이집 버스 머리에, 툭
산책나온 강아지 발 앞에, 툭
굴러가는 휠체어 바퀴 따라, 툭

사뿐사뿐 떨어지는 나무별
절룩이는 발 아래 쌓인 나무별
새소리, 바람소리, 경의선 기차 소리
기억하는 벤치에
노랑별 빨강별 내려앉는다
벤치 옆 큰 소나무
노란 브리지하고
가을에 인사한다

허리 숙여 나무별을 줍는다
책갈피에 별을 심는다
환해진다
책이 가을이다

축제마당에서

고장난 꽃들의
축제 한마당

오색풍선으로
기둥 만들고

영차영차 네 바퀴
바쁘게 굴러간다

신나는 노래와 댄스파티
축제는 수박 속처럼 익어간다

피날레 행운권 당첨은
고장난 시계의 태엽을 감는다

낙엽비

샤샤샥샤샤샥
휠체어 바퀴에 밟히는 낙엽 소리가
생기 잃은 내 발을 간질인다
백구도 덩달아 신이 나
휠체어 바퀴처럼 몸을 둥글게 굴린다
색색으로 물든 나뭇잎은 소나무에 내려앉아
크리스마스 트리가 된다
노랑 빨강 초록 물감이 뿌려진 듯
색다른 자태를 뽐내며
바람의 방향을 키질한다
휠체어 발과 백구 발
백구 발과 내 발
내 발과 나무 발이
가을을 지나간다

405동 208호

여인과 씨추가 살고 있다

딸은
얌전하고 귀엽다
하나밖에 없는 보호자다
위안이다

엄마는 슬프고 외롭다
매일매일 슬프고 외롭다
그래서 딸도 우울하다
그래서 딸도 슬프고 외롭다

하루 종일
엄마의 기척을 애타게 기다린다
작은 움직임 하나 없이
숨죽이고 온 신경을 맞추고 있다
오후가 돼야 공기가 흔들린다
단절된 세상이 열린다

노을이 붉어야 피어나는 여인

자전거 바퀴 굴러간다
바퀴보다 신난 딸
208호가 환하다

통곡한다

세상이 통곡한다
내가 통곡한다
내 손이 통곡한다
내 손으로 찍은 도장이 통곡한다
배신감이 밀려온다
또 통곡한다
아! 아! 아!
가슴 치며 통곡한다
울 아버지 돌아가실 때 이리 가슴치며 통곡했던가
권력 앞에 다친 영혼 하늘에서 통곡하고
빽 없어 거리로 내몰린 청춘 땅에서 통곡한다
부끄럽지 않은 딸 되어라
유언하신 아버지께 무어라고 고할까
언제쯤 희망이 찾아올까
꽃 피고 새 울면 얼음 녹듯
우리 맘속 응어리 녹을 수 있을까
손에 거머쥔 촛불로
시리고 시린 가슴 녹일 수 있을까

슈퍼맨 미광핸드백

목에 보자기를 두르고
장롱 구석에 들어앉아
그리움 새기는가

네모난 미광핸드백
손잡이는 해지고
군데군데 벗겨진 가죽이 아프다
버리지 못하고
몇십 년째 데리고 다니는
아리고 아린 추억과
보고픔이 알알이 새겨 있나보다
아버지가 처음 사줬다는 핸드백

오늘도 엄마 장롱 속에서
슈퍼맨처럼
보자기를 두르고 있다

어느 날
짠
아버지가 오실까

원당 재래시장

코흘리개 추억이 고스란히 남아 있는
원당 재래시장
명절이면 어머니는
원당시장으로 장을 보러 가셨다
남편 차례상은 당신 손으로
차리고 싶으셨던 모양이다
어머니 꽁무니 따라
이때다 하고 얼른 줄을 섰다
새 옷 얻어 입을 절호의 찬스
아니 새 옷보다 어머니에게
간택받았다는 기쁨
애비 없는 자식 소리 듣지 않게 하려고
무던히 애쓰셨던 어머니
어느 해 추석빔으로 사준
하얀 줄무늬가 들어간 자주색 추리닝은
지금도 먹먹한 선물이다

살 것 없어도 늘 들렀던
원당시장
젊은 시절 화려했던

나의 과거가
즐거웠던 학창 시절의
맛있는 먹거리가
그대로다

촌에서 나온 어르신들의 정거장 우일약국
노점 과일가게 아줌마
아가씨 떡볶이집
빨간 오뎅 두꺼비 아저씨
추억 속 상점들이 고스란히 살아 있었다

모두가 그대로인데
나만 고장난 몸
내 마음의 벽이 두꺼워
둘러보지 못하고
바퀴를 돌리고 말았다

조만간 다시 마음의 벽을 깨고
어머니 치마꼬리 만나러 가야겠다

추억이 그리운 날

비 오는 날이면

질척질척한 논두렁길
비틀비틀 미끄러지고
자빠지며 걷던 길
마누라 없인 살아도
장화 없이는 못 산다는 길

철로에 귀를 대면 기차가
어디쯤 왔는지 짐작하던 길
철로 위 못 하나 납작 자석으로 변하던 길
그 길이 그립다

비가 오는 날이면
백마역 버드나무 아래
쨍하고 해 뜰 날 열창하던
진수 오빠 생각난다

갑자기 불어닥친 풍파로
머리가 돈 거라고

어른들이 쑥덕인다

컴퓨터처럼 모르는 게 없던 그
용량이 커서 뇌에 부하가 걸린 걸까
얼마나 머리가 좋았으면
저리 되었을까
술을 무척이나 좋아했던 오빠

산책길에 만난 것들

장항동 메타세콰이아 길에서
정겨운 시골 냄새를 만난다
서울 살다 고양으로 이사 왔을 때
우리는 이곳에서 당근 이삭을 주워 쪄먹었지
그 맛 지금도 침이 고인다
그때 원 없이 맡았던 분내가
호숫가 산책길에서 나를 반긴다

우연히 마주친 까치의 구애행동
가로수 둥치를 왼쪽으로 뛰었다
오른쪽으로 뛰었다 오르고 있다
저 모습 보고 까치발이란
말이 나왔을까
소나무 위에서 기다리는
또 한 마리 까치가
그 모습을 반짝반짝 바라본다
얼레리 꼴레리
얼레리 꼴레리
괜히 내 얼굴이 화끈거린다

가로수 옆 카페에서
흐르는 올드팝
노신사 기침 소리가
장단을 고른다
긴 머리 늘어뜨린 흰머리 도사
주인장 앞치마가 생뚱맞다
막걸리 잔치국수 아메리카노
남자의 손맛이 정겹다
카페 벽에 기댄 기타들
나처럼 햇살 맞으러 나왔나보다

닫힌 문 열린다

긴 시간 빗장을 걸었다
힘들었다
열고 나가려니
두려움이 앞섰다
낙엽마저 수군대는 거 같았다
정말 두려웠다
온몸으로 파고든 분노 원망 미움이
뿌리를 내려
머리를 뽑아냈다
포진으로 포진해 창칼로 찔러댔다
엉엉 악악 억울했다
내 모습 너무 부끄러워
휠체어 뒤로 숨는 나
울긋불긋 가을도 위로가 되지 못했다
쓸쓸했다
용기내어 하늘을 본다
눈물이 열린다

멈추지 않는다

왜 한쪽으로만
빙빙 도는 거니
나처럼
오른쪽이 불편해 재활하니
뚜벅뚜벅 째깍째깍
멈추지 않는
뒤로 돌지 않는
변덕스럽지 않은
너의 묵직함에
뒤뚱뒤뚱 흐느적흐느적
나도 열심히
굴러간다

개구쟁이 승수 오빠

조금만 쉬고 온다던 승수 오빠
봄바람에 실려 떠나가신 무정한 님
개나리 진달래 피고 진 자리
장미 송이송이 붉은 촛대 세우는데
꽃상여 타셨네
이팝상여 타셨네

흰 눈 내리던 날
여행 갔다며 자랑을 늘어놓더니
이팝나무 쏟아지는 오월
멀리 떠나시네요
아프고 시린 상처
어찌 견디셨나요
외롭다고 말하지
괴롭다고 말하지
아프다고 말 좀 하지
혼자 어찌 감내하려고
그 고통 참으셨나요
울지도 않으셨죠
혹여 누가 될까봐

내색도 못하셨을 잘 생긴 승수 오빠

다음 생에는 더 멋진 모습으로 태어나
우리 좋은 친구 하기로 해요
영원한 ROKMC
천국에서도 ROKMC
최고로 단단하고 여린 ROKMC 승수 오빠
안녕

가슴에서 가슴으로

핸드폰 속
지우지 못한 이름들
비로 내린다

가지마다 은구슬로 새겨진다
투명한 물방울 속
한 사람 한 사람 들어 있다

아버지
미영이
떠버리 오빠
눈물의 여왕
개구쟁이 승수
키다리 오빠
맨발의 기봉이 같은 철기씨

추억만 주렁주렁 매달린다
지우지 못한 이름들
가슴에서 가슴으로 다녀간다

따라하지 말란 말이야

하나둘 걸음마 연습을 한다
그림자도 하나둘 걸음마를 한다
그늘 속을 걸으면
슬그머니 숨어 안 저는 척
내숭이 8단이다
따라하지 말라니까
나보다 앞서서
삐뚝빼뚝 걷는다
안 저는 척 똑바로 걸어도
여전히
삐뚝빼뚝 절룩쩔룩
엉덩이를 흔들어 엉덩이춤을 추면
흔들흔들 엉덩이춤도 따라 춘다
따라쟁이
너는
언제나 내 발바닥에 붙어사는
나의 쌍둥이

태풍의 눈을 찾아
— 고영미 시세계의 고요한 저항의식

김선주/ 문학평론가

1. 봄

고영미의 시어로 봄의 기운이 충만하다. 그의 시집은 마치 날개를 포개고 꽃에 매달린 한 마리 나비 같다. 그 나비의 날갯짓이 우리 심성 저편으로 폭풍우를 부른다. 즉 그의 시세계에는 비탄, 회한, 그리움 등 멜랑콜리의 어조가 회오리치고 있다. 화자는 돌풍의 결을 따라 넘어지고 일어서길 반복하며 비바람이 부는 재난지역을 맴돈다. 그 맴돌기를 통해 화자가 찾는 것은 바로 태풍의 눈이다. 그는 거친 세상살이와 운명의 장난 너머로 도사린 고요의 지평을 찾아 환상방황을 잇는다. 시인은 봄을 통해 자기 치유의 여로에 올라와 있는 것이다.

특히 최초의 봄을 눈여겨봐야 한다. 시인은 시집 어귀에 시든 꽃잎으로 꾸민 봄의 이미지를 싣는다. 시인은 부활, 생명과도 같은 통념상 봄의 이미지를 허물고 그 자리에 폐허와 조락凋落의 풍경을 채운다. 즉 봄의 스테레오타입을

해체함으로써 그 봄을 깊은 멜랑콜리의 자아 지평으로 전유한 것이다. 이러한 봄의 이미지는 서서히 자아에서 세계로 재전유한다. 서글픔과 서러움의 회오리가 걷히고 통념상의 봄, 다시 말해 생명과 밝은 미래의 기대를 깨우는 스테레오타입의 봄을 되부르기 때문이다. 이를테면 봄이 제자리를 찾는 과정이라고 할 수 있다. 이처럼 화자의 자아가 치유되어 가는 과정과 봄의 제자리 찾기는 맞물린다.

간절히 기다렸다

하늘도 나도 잔뜩 흐렸다
널브러진 꽃잎이
봄의 전부일지라도
나는 너를 사랑한다
너 떠난 봄
봄은 지독한 감기다
너와 내가 함께하든
함께하지 못하든
아무렇지도 않게
그리움을 잃게 하다 가버린다
떨어지는 꽃잎을 보며
너를 생각한다
너도 나를 생각하며
날리는 꽃잎을 주울까

간절히 기다렸다

—「다시 봄」 전문

봄은 열렬한 욕망의 대상이다. 이 시의 초구와 결구에는 화자가 봄이 오기를 얼마나 바랐는지 잘 나타난다. 즉 "간절히 기다렸다"와 같은 중복 표현으로 시의 출입구를 형성한다. 화자의 봄에 대한 갈망은 "떨어지는 꽃잎"과 마찬가지로 덧없다. 봄으로부터 느끼는 감정은 그 욕망과 이율배반적인데, 봄이란 화자의 결핍을 전혀 충족시키지 못하기 때문이다. 계절의 속성이 순환의 굴레를 보이듯 시의 처음과 끝을 덧없는 기다림으로 채운 것이다. 이처럼 봄은 깊은 멜랑꼴리의 정서로 유인한다.

이러한 '최초의 봄'은 일종의 다른 봄 이미지의 빅뱅이다. 즉 이 봄을 통해 봄의 이미지는 다양한 갈래로 분화하여 시 전체에 좀 더 입체적 심상을 포진한다. 화자가 인식한 "지독한 감기"로서의 봄은 차츰차츰 전면에서 뒤로 물러난다. 시 「날마다 연둣빛 봄날이다」의 화자가 좋은 예다. 어느 날 불쑥 찾아온 낯선 세상은 화자의 기존 현실 인식을 송두리째 바꾼다. 하루하루가 뼈아픈 시간을 치르는 고통어린 일상으로 화자를 반긴다. 갑자기 변한 세상의 횡포를 누그러뜨리고 그 앞에서 진정한 행복에 서서히 눈뜬다.

바람 한 점에도
몸살을 앓던 그 봄,
바람은 왜 그리 사나웠을까

혈관 타고 들어가는 낙타처럼

밤마다 찾아오는 공포

심장을 옥죄었다

때로는 분노했고

때로는 통사정했고

때로는 묵언하며

모든 신을 찾았다

왜 내게

왜 왜 왜

이기적인 나를 보았다.

쪼개진 장작이 되어버린 내 반쪽

시도 때도 없이 찔러대는

무딘 칼날

잔혹한 여행의 끝

봄이 왔다

장작 끝에

연둣빛 새순이 돋았다

─「날마다 연둣빛 봄날이다」 전문

앞의 시에 나타난 봄-몸살의 중첩 이미지는 여기에서도
이어지고 있다. 즉 화자에게 봄은 '몸살'을 앓는 고통어린 시간인 동시에 기꺼이 껴안아야 할 그리움의 대상이다. 이러한 애증은 화자에게 "혈관 타고 들어가는 낙타"의 감각을 느끼게 한다. 이른바 밤의 전율이다. 분노, 절규, 묵언으로 운명을 향해 꾸짖는, 칠흑 같은 괴로움의 나날이다. 그러나 봄은 고통의 외피를 벗고 "연둣빛 새순"으로 탈바꿈한다. 수시로 찔러오는 "무딘 칼날"과 동행한 "잔혹한 여행의 끝"에서 화자는 진정한 봄의 자취를 서서히 되찾는다.

이처럼 봄을 되찾는 여정은 무엇보다 "미완의 조각들"(「미완의 조각들」)을 맞추는 즐거움에 있다. 프랑스의 철학자 블랑쇼의 말처럼 아무도 없이 오직 깊은 어둠만이 공포를 내뿜으며 타자로 서 있는, 절대 다스려지지 않을 밤을 견딜 때 시가 따뜻하게 비춘다. 오직 작품과 자아의 시선이 엉키는 공간, 바로 여기에서 시가 샘솟는다. 화자는 절망 속에서 "진정한 나의 완성"(「미완의 조각들」)을 꿈꾸며 아픔을 벗어날 가능성과 만난다.

글쓰기의 본래성은 자아에 고립됨으로써 사회와 조우하는 아이러니에 있다. 그렇기에 블랑쇼는 완성을 향해 끝없이 자아에 호소하는 글쓰기의 고독은 죽음이라 하지 않았는가. 문명과 대낮의 세계에서 이루는 연대가 보장된 글쓰기에서 고독은 늘 가짜다. 릴케가 솔름즈 라우바흐 백작 부인에게 가장 고독한 창작의 시간에 있다고 전한 그 가짜 고독 말이다(모리스 블랑쇼, 『문학의 공간』). 그러나 글쓰기는 작품을 통해 시인에게 사회의 지평을 펼친다. 이처럼 봄은 이제 희망의 가능성을 넘어 실존으로 시詩 곳곳에 나타난다.

2. 꽃

봄은 "있었다"(「장애인으로 산다는 것」)의 '부재' 감각을 뚫고 수많은 일상의 자취로 실재성을 획득한다. 목련이 깨어나고 온통 사람과 야생의 냄새가 흐르는 봄(「봄이로구나, 봄」)으로 거듭난다. 시인은 특히 꽃을 통해 삶의 여러 층위와 의식을 확장하고 있다. 꽃은 개체마다 고유의 향기와 색깔로 인간의 오감을 자극한다. 시가 현실을 환기할 때 꽃의 존재성은 자연스레 삶에 대한 긍정을 낳는다. 다시 말해 '미'를 통해 삶의 긍정적 지평을 제시하는 것이다. 화자가 응시한 "널브러진 꽃잎", "떨어지는 꽃잎"(「다시 봄」)은 삶을 향한 "미소 조각"(「오늘도 핀다」)으로 변한다.

피고 지고
밟혀 구부러졌다가도
배시시 일어나는
수많은 사람들의 발이
다지듯 지나가도
꿋꿋하게 버티는
키 작은 풀

바람이 불면 바람처럼
비가 내리면 비처럼
햇살 부서지면 햇살처럼
물결 따라 춤추는 부평초처럼
지나가는 사람들이 흘리는

미소 조각에

더 선명해지는

꽃이고 싶다

—「오늘도 핀다」 전문

화자는 힘겨운 세상살이를 미소의 텃밭으로 바라본다. 고생길을 걸으면서도 꿋꿋하게 일어서려는 화자의 의지와 꽃의 미의식이 통한다. 꽃의 아름다움은 아무리 밟히고 눌려도 연약한 제 몸을 다시 펴는 근성에 있다. 그 일어서려는 의지가 꽃의 제 모양을 갖추기 때문이다. 꽃의 본질이 색과 아기자기함에 있다면 결코 구겨지지 않으려는 불굴의 정신이 미의 원형인 것이다. 이처럼 시인은 연약한 꽃을 생에 대한 심상으로 끌어와 미의 의미를 재구성한다.

이제 꽃은 더 이상 바람 부는 대로 휩쓸리는 조락凋落의 표상이 아닌 능동적 주체다. 꽃의 주체를 짓누르는 타자는 "수많은 사람들의 발"에서 "바람", "비", "햇살", "물결"로 심상 이동을 한다. 이러한 타자의 심상에 차례대로 응전, 발을 버티는 것을 넘어 그 발의 압력과 어울린다. 바람에 시달리면 바람으로, 비에 젖으면 비로, 햇살에 마르면 햇살로 살아가기를 꿈꾸며 타자와의 동화를 시도한다. 이처럼 꽃이란 세상이 억압하는 데도 세상의 한 자리를 밝히는 존재이다. 고유의 아름다움으로 꿋꿋하게 제자리를 지킨 꽃의 미의식과 생의지가 나란히 걷는다.

일요일이면

120

아파트 단지에
꽃들이 만발이다

외팔이아저씨
꽃이랑 살아서일까
입가가 환하다

빨간 립스틱 바른 동백이
흰돌마을 4단지의
봄을 밝힌다

외팔이아저씨
기다리며
봄을 만난다

향기로 물들고
사랑으로 물들고
색색으로 물든다

―「꽃을 파는 남자」전문

   꽃은 자아의 슬픔과 이를 극복하는 데서 우리 이웃에게
로 시선을 바꾸기도 한다. 이 시에서 꽃은 주변을 환히 밝
히는 비타민 같은 존재다. 삶의 터전에 꽃이 늘수록 일상은
환하게 떠오른다. 꽃은 "향기로 물들고/ 사랑으로 물들고/
색색으로 물"들어 사람마다 꽃의 향기와 빛깔을 옮긴다. 외

팔이아저씨는 "꽃이랑 살아서" 늘 환하게 웃음꽃을 보인다. 마치 걸어다니는 꽃과 같이 온 동네로 행복을 "파는 남자" 이다.

화자의 시선은 우리 이웃이 불행을 이기는 소소한 일상의 풍경을 들추고 있다. 비극적 존재 근거를 딛고 강한 생의지를 발휘한 소영웅을 소개한다. 이러한 소영웅은 늘 화자의 시선 내에 있다. 틱장애가 있지만 엄마 없이 키운 딸을 위해 마음 다잡은 장애인콜택시 기사님(「장콜 기사님과 빨간 장미」), 호수공원에서 휠체어 타며 뻥튀기 파는 뻥튀기 아줌마(「연꽃밭에 간 날」) 등 우리 사회의 소영웅이 생생히 등장한다. 화자가 처한 "중도 장애인으로 산다는 것, 오묘한 맛"(「장애인으로 산다는 것」)의 그 현실 인식을 공동체의 영역으로 불러온다. 이는 개별자로서의 비극적 존재 근거를 보편자의 실존적 상황으로 확장한다.

3. 삶과 자유

고영미의 시에서 별과 꽃은 종종 동일성의 지평에서 나타난다. 별이 눈물을 흘려 장미의 꽃망울마다 이슬을 머금는(「장미가 머금은 눈물」)다. 이때 사물의 초월적 시공간성보다 더 중요한 것은 바로 별과 눈물의 짧은 생애다. 즉 시인은 짧은 생애를 영원과 같이 치르는 존재의 지평을 한자리에 모아 삶의 실상을 드러낸다. 생전 아버지의 기억은 생생한데 거짓말 같이 찾아오는 제삿날(「한순간」), 주인이 신어주지 않자 신발장 구석에서 먼지가 쌓이는 뾰족구두 한 쌍 등 생의 다음 칸으로 이동한 존재가 눈길을 끈다.

봄 혹은 꽃의 의미는 이처럼 실존적 삶의 지평으로 확장한다. 짧은 봄에 대한 아쉬움이나 찰나를 치열하게 피고 떠나는 꽃의 존재성이 인간 삶의 덧없음을 표상한다. 봄의 시공간적 한계와 꽃의 필멸성이 '관계'의 스펙트럼지대로 번진다. 특히 가족은 시인 혹은 화자의 실존과 더불어 타자가 처한 삶의 그늘을 일깨우는 역할을 맡고 있다. 가장 가까운 동시에 먼 관계의 아이러니를 가장 극명하게 보이는 것이 바로 '가족'이다. 이러한 가족의 기표가 시 내부에서 기호로써 작용할 때, "이생과 저승의 징검다리날"(「한순간」)의 실존적 자아를 드러낸다.

밤을 구속한 별

그래도 봄은 온다

자유롭고 싶다

나의 자유는 끄적임과 찍기

속절없이 비가 내린다

별이 떠난다니 홀가분하고 무섭다

한켠엔 자유를

또 한켠엔 두려움을 안고

비를 맞는다

극복하자 그립고 그리워

눈물 훔치겠지만

서로가 서로를 묶은 구속된 자유에서

풀처럼 바람처럼 나부끼는 참 자유로

내가 어머니에게

어머니가 내게 준

새날

─「봄날 사면되다」전문

별과 밤은 분리할 수 없는 운명적 관계다. 별은 오직 밤을 통해 드러나기 때문이다. 화자는 밤과 별의 사이를 지배 관계로 비유한다. 별이 밤에 갇힌 것이 아닌 화자가 어머니 때문에 밤이어야 하는 독특한 이미지 구조를 띤다. 외적 구조로만 보았을 때 드넓은 밤에 갇힌 존재는 별이다. 그러나 "밤을 구속한 별"의 논리가 작동하고 있다. 이는 우리에게 텍스트의 내적 층위를 헤아리길 요구한다. 어머니와 딸의 심리에서 이중의 갈등이 이미지를 이끈다. 딸은 항상 어머니의 자유를 억압하는 죄의식을 지닌다. 화자는 딸의 비극적 실존을 바라보는 어머니의 서글픈 시선을 읽기 때문이다. 화자가 느끼는 수인의 감각은 어머니에 대한 깊은 애정과 안타까움을 내포한 것이다.

화자가 결코 발음하지 못한 '죽음'의 문제의식이 텍스트 너머에 틈입한다. 죽음이란 "풀처럼 바람처럼 나부끼는 참 자유"이며, "서로가 서로를 묶은 구속된 자유"가 바로 삶이다. 가족이란 온갖 희로애락을 함께 치른다. 그렇기에 자유는 늘 절반의 자유, 슬픔 또한 늘 절반의 슬픔이다. 이처럼 존재와 관계의 아이러니를 통해 삶은 실존적 구조를 띤다. 삶을 애써 부정해 죽음의 긍정을 낳는 치열한 시적 대응이 나타난다. 죽음을 아름답게 바라보기 위한 극단의 시의식이다. 그리고 부정적 삶의 제스처까지 소중히 사랑하려는 데서 시적 모럴이 발생한다.

아이고, 잠이 안 와 큰일이여
잠시 후,
드르렁 드르렁 코를 고신다

이리 살아 뭐할꼬
하루 빨리 본향 가는 길이 행복이여
푸념 늘어놓지만
주머니 속에선 갖가지 영양제가 쏟아진다
민망하면 괜스레 버럭 화를 내신다

아이고, 입맛 없어 어쩌지하며
라면에 만두 넣고 계란 탁 파 송송
김치 휘휘 올려 드신다
울 엄마는 진짜 개그할멈이다
비가 오니 더욱 그립다

장애인이 된 딸 돌본다고
와 계신 것도 짐이 되어
투정부린 못난 딸
동생 집으로 가시고 나니
울 엄마 빈자리가 뻥 뚫렸다
울 엄마 귀여운 투쟁이
자꾸만 그립다

　유머는 고영미 시세계의 시적 리얼리티를 이끄는 중력과
도 같다. 화자가 처한 실존적 상황은 삶과 현실을 부정하지
않을 수 없는 치열한 절망을 낳는다. 화자는 이러한 절망적
현실을 사랑하려는 의지를 유머로 발휘한다. 어머니의 이
율배반적 행위는 비판의 대상으로 작동하는 것이 아닌 삶
의 해학을 드러낸다. 즉 "하루 빨리 본향 가는 길이 행복이
여" 하시며 갖가지 영양제를 챙기는 어머니 모습은 기꺼운
웃음과 따뜻함을 불러일으킨다. 유머는 삶과 존재에 대한
애정을 환기하는 역할을 맡는다. 동시에 삶의 실상을 제시
한다. 즉 소소하고 따뜻한 정으로 넘쳐나는 삶을 절대 사랑
하지 않을 수 없다.

　이처럼 사람은 진한 향기를 머금은 존재다. 저만의 그윽
한 향기와 색깔로 타자를 웃게 한다. 그 웃음은 운명에 맞
서 살아갈 힘이다. 따라서 서로를 정으로 다독이며, 서로에
게 웃음을 전하는 '관계'는 우리 삶을 지탱하는 가장 소중한
가치이다. 고영미의 시세계는 봄과 꽃을 주요한 시적 대상
으로 삼아 자아와 세계의 정체를 묵상하듯 되짚어보고 있
다. 개별자로서의 비극적 존재 근거를 보편자의 존재 틀로
확장해 시적 리얼리티의 전형도 확보했다. 비극적 현실을
껴안으려는 치열한 모럴의 시어를 통해 독자가 현실에서
마주할 법한 짙은 사람의 향기를 성취했다. 사람의 향기는
만 리를 가고도 남는다고 하지 않던가. 태풍의 눈을 찾는
치유의 여로에 향기로운 시어들이 발자국처럼 찍힌다.

날마다 연둣빛 봄날이다

지은이_ 고영미
펴낸이_ 조현석
펴낸곳_ 북인
디자인_ 푸른영토

1판 1쇄_ 2024년 09월 07일
출판등록번호_ 313 - 2004 - 000111
주소_ 121 - 842 서울 마포구 서교동 460 - 34, 501호
전화_ 02 - 323 - 7767
팩스_ 02 - 323 - 7845

ISBN 979-11-6512-096-2   03810
ⓒ고영미, 2024

책값은 뒤표지에 있습니다.
저자와 협의 아래 인지를 생략합니다.

이 책의 글과 그림에 관한 저작권은 저자와 출판사에 있습니다.
저자 허락과 출판사 동의 없이 내용의 일부를 인용, 발췌를 금합니다.